La visita de los amigos del bosque

Laura y Julián
están en el jardín.
De repente. . .
—¡Mira, Laura!. . .

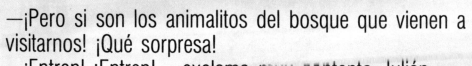

—¡Pero si son los animalitos del bosque que vienen a visitarnos! ¡Qué sorpresa!

—¡Entren! ¡Entren! —exclama muy contento Julián.

—¡Bien! —dice Laura—. ¡No esperábamos verlos hoy!... Nuestros padres no están en casa. Podemos divertirnos todo el día. ¿Qué les parece?...

—¡Estupendo! —responden, a coro, todos sus amigos.

¡Yupii. . . ! Julián se sube a su bicicleta
para dar una vuelta.
¡No es el momento de comer las frutas
mágicas que los vuelven chiquitos! ¡Es
más divertido así!

Todos juegan como locos, hasta el momento en que a los curiosos visitantes se les ocurre ir a investigar qué hay detrás de la puerta de la casita del perro. Molesto porque interrumpen su sueño, Tom sale hecho una furia. ¡Sálvese quien pueda! ¡Por suerte la cuerda es sólida! . . .

Para recuperarse de tantas emociones,
nada mejor que saltar sobre la mullida cama
de Laura.
—¡Hurra! —dice el conejito, feliz.
—Creo que nunca habían visto una cama
tan grande —afirma Julián sonriendo.

¡Ya es hora de merendar! Laura es muy buena cocinera
¡y los platos de las muñecas están como hechos a la
medida de los animalitos! Rápidamente ponen la mesa,
el conejito lava los platos. . .

...y todos se divierten tanto que no se dan cuenta de que el tiempo ha pasado... De pronto, se abre la puerta.
—¡Mamá! ¡Papá! ¿Ya regresaron?
Julián murmura:
—¡Salten sobre el estante, pequeños amigos y quédense quietos! ¡No hagan ruido! ¡Nadie se dará cuenta!...

¡Bien hecho! Papá no ha visto nada y mamá tampoco.
—¡Ya es tarde, niños! ¡Váyanse a dormir, que mañana hay que madrugar!
Discretamente, Julián hace una seña a sus amigos para que huyan por la ventana. La ratita, el conejito y el tejón salen con cuidado. La ardilla ya ha desaparecido. . .

—¡Esta linterna, que encontré entre los juguetes, nos será muy útil para regresar! ¡Qué día más emocionante! . . .